AF298296

A-T-IL PERDU ?

COMÉDIE EN UN ACTE ET EN PROSE,

DE M. CHARLES DE LONGCHAMPS.

Représentée pour la première fois sur le Théâtre Favart, par les Comédiens sociétaires du théâtre royal de l'Odéon, le 2 novembre 1818.

Prix : 1 fr. 50 cent.

PARIS,

Chez J.-N. BARBA, Libraire,

Éditeur des OEuvres de Pigault-le-Brun,

Palais-Royal, n° 51, derrière le Théâtre-Français.

Imprimerie de P.-F. DUPONT fils, successeur de Mᵐᵉ Vᵉ H. PERRONNEAU, quai des Augustins, n° 39.

1819.

PERSONNAGES.	ACTEURS.

GERCOURT, oncle et tuteur de Julie et Jenny. . . . . M. Duparai.

MERVILLE, amant aimé de Julie . . . . M. Clozel.

MOMBREUIL, jeune homme amoureux de Julie. . . . . M. Pélissié.

ALAIN, filleul de Gercourt et valet de Merville. . . . . M. Armand.

JENNY, sœur cadette de Julie. . . . . Mlle Fleury.

JULIE, nièce de Gercourt et promise à Merville . . . . Mlle Adeline.

La scène se passe dans le parc d'une maison de campagne de Gercourt, à quelques lieues de Paris.

mmmmmmmmmmmmmmm

OUVRAGES DU MÊME AUTEUR.

Ma Tante Aurore, opéra en deux actes. Prix : 1 fr. 25 cent.

Le Séducteur amoureux, comédie en cinq actes. Prix : 1 fr. 50 cent.

A-T-IL PERDU ?

COMÉDIE EN UN ACTE ET EN PROSE.

SCÈNE PREMIÈRE.

Le théâtre représente une partie du parc, dans le fond de laquelle se découvre un château. Il y a à gauche, tout près de l'avant-scène, un bosquet assez touffu, et à droite une touffe d'arbres, etc., etc.

MOMBREUIL, *seul.*

(*Regardant à sa montre.*) Il est six heures, et Alain ne vient pas !.... Il m'avait pourtant bien promis d'être dans le parc à cette heure ; et je n'ose avancer plus près du château, de peur d'être vu par d'autres que par lui... Cette Julie est vraiment fort bien. La suivre à toute heure, rêver près d'elle dans ces bosquets.... Ah ! que je bénirais alors l'heureux hasard qui m'a fait la connaître, et l'étourderie bien plus inconcevable qui va me travestir, moi, femme de chambre à son service !.... Cela peut tourner assez mal.... Je n'ai rien préparé, rien prévu ; mais j'entrevois des scènes piquantes, et le hasard en décidera : il ne sert bien que l'imprévoyance.

SCÈNE II.

MOMBREUIL, ALAIN.

MOMBREUIL.

Ah ! mon cher Alain , arrive donc, il y a une heure que je t'attends.

ALAIN.

Dam ! Monsieur, je ne pouvais pas venir avant d'être
levé; v'là que je m'éveille.

MOMBREUIL.

Eh bien ! dis-moi, Ursule est-elle bien décidément ren-
voyée ?

ALAIN.

Ah ! mon dieu, oui, Monsieur, qu'elle l'est.

MOMBREUIL.

Et moi, suis-je accepté ?

ALAIN.

Oui, Monsieur. Quand je dis vous pourtant, c'est-à-dire
mademoiselle Agathe.

MOMBREUIL.

Mademoiselle Agathe ?

ALAIN.

Eh ! pardienne sûrement. Est-ce que vous croyez que
j'ai été bonnement proposer M. de Mombreuil pour
femme de chambre à ma maîtresse ? Ça n'aurait pas pu
prendre comme ça. C'est Agathe que j'ai annoncée,
jeune fille de ma connaissance, et dont je répons. Ainsi,
mademoiselle Agathe, ne faites point de sottises, je vous
en prie.

MOMBREUIL.

Ah ! mon ami, que ne te dois-je pas !

ALAIN.

Plus que vous ne croyez. Allez, Monsieur, dix femmes
de chambre de votre espèce dans la maison ne remplace-
raient pas pour moi celle que votre maudit billet a fait ren-
voyer.

MOMBREUIL.

Mais conviens qu'il est plaisant que je remplace près de
Julie une femme qu'elle n'a congédiée que pour la punir
d'avoir osé lui présenter une lettre de moi.

ALAIN.

Aussi m'a-t-il bien fallu répondre qu'Agathe ne lui glis-
serait de poulets pour personne.

MOMBREUIL.

Ah ! tu peux être tranquille..... Ah ça, quand me présentes-tu donc ?

ALAIN.

Mon Dieu ! ce matin même, dès qu'il fera jour chez mademoiselle Julie ; vous n'avez que le temps de faire votre nouvelle toilette. Allez-y, Monsieur ; si quelqu'un vous voyait ici au naturel, il vous reconnaîtrait après, et tout serait perdu.

MOMBREUIL.

Ah ! personne encore n'est levé, sans doute, et l'on ne vient pas dans le parc si matin.

ALAIN.

Quelquefois mademoiselle Jenny se promène de bonne heure ; et si une fois elle vous envisageait, oh ! il n'y a pas de déguisement qui vous sauvât : on ne lui en fait pas accroire à celle-là !

MOMBREUIL.

Quelle est donc cette redoutable Jenny ?

ALAIN.

Bah ! vous ne la connaissez pas ? C'est la sœur cadette de sa sœur aînée, mademoiselle Julie. Vous auriez bien mieux fait de vous adresser à celle-là, qui n'est promise à personne.

MOMBREUIL.

Comment donc ? Est-ce que Julie serait engagée ?

ALAIN.

Pardienne, sûrement qu'elle l'est..... au maître que je sers encore.

MOMBREUIL.

Eh bien, tu ne le sers pas mal !

ALAIN.

Dam, vous me payez mieux..... et puis je n'ai pas encore eu le temps de m'y attacher. Il est débarqué ici il y a trois mois, d'un grand pays qui est de l'autre côté de l'eau, bien loin, je ne sais pas comment ils appellent ça ; c'est égal.... Il n'avait point de domestique : mon parrain m'a tiré du jardin pour me prêter à ce monsieur qui, à cause de ça, me trouve quelquefois l'air un peu emprunté, à ce qu'il dit. Mais je croyais qu'Ursule vous avait mis au fait de tout cela, moi.

MOMBREUIL, *réfléchissant.*

Non, elle n'en a pas eu le temps..... Et quel homme est ce prétendu ?

ALAIN.

Ah ! c'est bien l'amoureux le plus têtu que je connaisse ! Il dispute sur tout, s'emporte sur un rien. Moi, j'ai quelquefois peur qu'il ne batte sa prétendue.... mais quand elle sera sa femme, ça ne peut guère lui manquer.

MOMBREUIL.

Ils se querellent donc souvent ?

ALAIN.

Mon Dieu, toutes les fois qu'ils sont ensemble ! Elle est pourtant bien douce, elle ; mais, quoique ça, elle ne cède jamais. Elle dit son avis une fois tout gentiment, et puis v'là qu'est fini, elle n'y changerait pas une syllabe ; l'autre enrage, crie, étouffe, c'est égal, elle n'en rabat rien. Ah ! ils me divertissent bien tous les deux quelquefois !

MOMBREUIL.

Au portrait que tu me fais de ce prétendu emporté, ne serait-ce pas un certain Merville ?

ALAIN.

Justement, Monsieur ; est-ce que vous le connaissez ?

MOMBREUIL.

Oui, un peu de vue, et beaucoup de réputation.

ALAIN.

Eh ! mais, il vous reconnaîtra, Monsieur !

MOMBREUIL.

Oh ! non ; il ne m'a vu que très-jeune, chez mon père, il y a long-temps : et que t'importe d'ailleurs ! ne prends-je pas sur moi tous les risques ? J'ai assez de fortune pour me charger de la tienne, et ma parole est sûre.

ALAIN.

Mais avec tout ce bien, Monsieur, que ne vous présentez-vous tout de go dans la maison ! M. de Gercourt, l'oncle et le tuteur des deux demoiselles, vous y recevra avec plaisir. C'est un bon seigneur; et ce n'est pas parce que je suis du château, mais je peux dire qu'il en fait bien les honneurs.

MOMBREUIL.

Est-ce qu'il y vient beaucoup de monde au château !

ALAIN.

Jamais personne; mais vous viendrez, vous, pour demander la sœur cadette : elle vaut bien l'autre, allez. Vous diriez que c'était pour elle le billet qui a fait chasser cette pauvre Ursule; elle rentrerait peut-être, et tout le monde serait content.

MOMBREUIL.

Excepté moi, mon ami. Je ne puis souffrir les aventures ordinaires..... Je vois Julie au spectacle, ma tête se monte, je la fais suivre; sa femme de chambre gagnée m'apprend qu'elle vient à cette campagne, où je me rends en secret; elle lui donne un billet de moi; ce billet la fait chasser; je l'apprends par toi son confident et son ami; vous croyez que tout est perdu; moi, au lieu de m'affliger de ce malheur, j'imagine d'en tirer parti pour remplacer Ursule; élevé dans la maison, tu réponds d'une femme de chambre, on l'accepte; j'entre ce matin sous le nom d'Agathe, et je me charge du reste.

ALAIN.

Le reste est pourtant le plus difficile.

MOMBREUIL.

Tout est aisé quand rien ne décourage.

ALAIN.

Mais enfin, que comptez-vous faire ?

MOMBREUIL.

Mon ami, je n'aime à rien prévoir; le dénoûment le plus heureux me satisferait mal s'il ne me surprenait un peu moi-même. Audace, amour et hasard; voilà mes dieux.

ALAIN.

Vous avez là une drôle de religion, Monsieur ! mais si vous saviez quelle jolie petite femme vous auriez peut-être en vous y prenant comme tout le monde !

MOMBREUIL.

Comme tout le monde ? J'aimerais mieux m'en passer toute ma vie. Tu ne sais donc pas comme tout le monde traite le mariage de deux jeunes gens que l'on veut unir ?

ALAIN.

Monsieur sent bien que ce n'est pas dans mon jardin que j'aurais pu apprendre ça.

MOMBREUIL.

Les vieilles têtes des deux familles s'informent avec soin de votre naissance, de vos biens, de vos espérances, quelquefois même de vos mœurs, assez rarement de votre caractère ; et quand ces quatre articles leur conviennent, les jeunes gens qui se voient pour signer le premier jour s'épousent le second.....

ALAIN.

Et s'en repentent peut-être bien le troisième ! Ah ! mais allez donc vous habiller, car vous n'avez que le temps.

MOMBREUIL.

Oh ! je serai bientôt prêt ; ma nouvelle garde-robe est à l'auberge ici près, je me suis déjà mis en femme hier au soir pour m'exercer, et j'ai même fait une conquête qui n'a pas laissé que de me donner quelque embarras après le souper... Ah ! ça, je reviens dans une demi-heure. On sera levé, n'est ce pas ?

ALAIN.

Oui, oui ! (*le rappelant*) Monsieur ! Monsieur ! rasez-vous de près, je vous en prie.

SCÈNE III.

ALAIN , *seul.*

Ah ! mon Dieu ! il a bien fait de partir, v'là déjà mademoiselle Jenny dehors.

SCÈNE IV.

ALAÌN, JENNY, *ayant l'air de regarder du côté du parc par où est sorti Mombreuil.*

ALAÌN.

Vous êtes au parc de bonne heure, Mademoiselle?

JENNY.

Oui, je dors mal depuis quelque temps.

ALAIN.

Oh! que c'est gentil une jeune fille qui dort mal!

JENNY.

Dis-moi, Alain, est-ce d'ici que sort un jeune homme qui vient de passer près de moi, tout à l'heure?

ALAIN, *embarrassé.*

Non, Mademoiselle; est-ce que vous avez vu sa figure?

JENNY.

Non vraiment, son chapeau me la cachait.

ALAÌN, *à part.*

Ouf! c'est heureux.

JENNY.

Mais il m'a paru d'une tournure charmante.

ALAIN.

Oh! ça, charmante, c'est vrai.

JENNY.

Tu sais donc qui je veux dire?

ALAIN.

Eh! à peu près; c'est un jeune homme de famille qui demeure dans les environs.

JENNY.

Oui; eh bien! que ne se fait-il présenter au château?

ALAIN, *finement.*

Dam! il y viendra peut-être.

JENNY.

Mon Dieu! qu'il se dépêche donc; je m'ennuie de ne

A-t-il perdu?   2

voir ici que mon oncle et monsieur de Merville. Ils sont fort aimables tous deux ; mais mon oncle est un peu vieux, et l'autre finira , si cela dure , par me rendre tout aussi emportée que lui.

ALAIN.

Il est sûr que vous vous querellez souvent.

JENNY.

Je m'en divertis ; mais ce qui me déplaît, c'est que quand je me brouille avec lui, c'est avec ma sœur qu'il se raccommode.

(*Merville appelle de loin dans la coulisse.*)
Alain ! Alain !

ALAIN.

Ah ! voilà mon doux maître qui m'appelle ; j'y vais.
(*Il va pour sortir.*)
JENNY, *le retenant.*

Tu ne pourrais me dire, avant, le nom du jeune homme.

ALAIN , *embarrassé.*

Le nom du jeune homme ! Oh ! mon Dieu ! sûrement ; si je le savais pourtant : c'est un jeune homme...

SCÈNE V.

LES MÊMES, MERVILLE.

MERVILLE , *criant.*

Alain...

ALAIN.

Monsieur...

MERVILLE.

Que fais-tu donc ici ?

ALAIN.

Ma foi , Monsieur, je prends l'air ; voilà tout.

MERVILLE.

Je prends l'air... Imbécile ! c'était mes commissions pour Paris qu'il fallait venir prendre en te levant... Ne te l'avais-je pas dit ?

ALAIN.

C'est vrai, Monsieur, vous me l'aviez dit ; oh ! ça , je ne vais pas à l'encontre ; mais vous ne m'aviez pas dit l'heure où je me leverais... et comme c'était un peu plus matin que...

MERVILLE.

Tais toi. Va tout à l'heure à Paris ; tu y prendras chez mon notaire le modèle du contrat que je lui ai dit de dresser pour moi ; rapporte l'écrin de chez le bijoutier ; prends aussi mes habits de chez le tailleur... Eh bien ! qu'attends tu ?

ALAIN.

Est-ce que Monsieur veut que je parte sans déjeuner ?

MERVILLE.

Eh ! déjeune ou ne déjeune pas , maraud , mais pars et reviens vite.

ALAIN , *à part.*

Ce ne sera toujours que quand j'aurai présenté mademoiselle Agathe (*il sort*).

SCÈNE VI.

MERVILLE , JENNY.

MERVILLE.

La sotte engeance que ces valets... Ah ! comment se porte la charmante Jenny ?

JENNY.

A l'empressement que vous avez mis à me le demander, je présume que cela vous inquiète beaucoup... Eh bien , rassurez vous , je me porte à merveille.

MERVILLE.

Pardon... mais tant de fraîcheur m'en avait répondu d'avance, et je voulais me débarrasser de quelques ordres nécessaires à donner. (*Galamment.*) Peut-être qu'en vous parlant j'eusse risqué de les oublier moi-même.

JENNY.

Mon Dieu ! qu'on voit bien que vous venez de passer un heureux quart d'heure ! vous êtes charmant quand vous avez querellé quelqu'un ; à la place de ma sœur , moi , je vous tiendrais toujours une victime toute prête ; elle essuyerait l'orage, et j'irais jouir du caprice.

MERVILLE.

Méchante ! votre sœur vaut mieux que vous.

JENNY.

C'est justement parce que je suis bonne que je m'immole souvent pour elle. Ah ! ça, c'est donc bien pressé ce contrat, ces bijoux et l'habit de noce ?

MERVILLE.

Sans doute ; ne faut-il pas cela pour demain ?

JENNY.

Oh ! peut-être... voilà déjà quinze bons jours que de bouderies en bouderies l'heureux moment se diffère ; et je suis sûre, moi, que si le prêtre, le notaire, les témoins et le tailleur ne guettent tous ensemble la minute d'un raccommodement, votre habit de noce sera passé de mode avant que vous le portiez.

MERVILLE.

Ah ! ça, n'est-ce pas vous encore qui m'attaquez ?

JENNY.

Non, vous m'avez appelée méchante. Oh ! jamais je ne jette le gant, mais je le relève.

MERVILLE.

Vous ne le laissez même pas tomber ; et me trouver un tort, semble pour vous un plaisir.

JENNY.

Oh ! je serai trop heureuse !

MERVILLE.

En supposant que j'aie quelques vivacités dans le caractère, vous seule avez tout fait ici pour qu'on remarquât ce défaut ; vous l'aigrissez, vous vous en faites un jeu cruel, il ne tient pas à vous que je ne sois aux yeux de Julie un homme insupportable... C'est bien le manége le plus odieux....

JENNY.

Que voulez-vous ? je suis persuadée qu'un peu d'humeur est nécessaire à votre santé... Ah ! ça, vous me promettez des violons pour demain, n'est-ce pas ?

MERVILLE.

Ah ! Jenny , vous le savez...

JENNY.

Je sais que si vous ne me faites pas ce que je vous demande , je saurai, moi, vous faire avec ma sœur une bonne
querelle qui rejettera la noce à quinze autres jours encore....

MERVILLE.

Quelle méchanceté !

SCÈNE VII.

Les mêmes , ALAIN.

ALAIN.

Mademoiselle votre sœur dit, Mademoiselle , que vous
veniez tout de suite voir la nouvelle femme de chambre qui
vient d'arriver.

JENNY.

Ah ! j'y cours... Est-elle bien ?

ALAIN.

Pas mal , c'est un beau brin de fille (*il sort*).

JENNY.

Sans rancune , monsieur de Merville ; je vais vous en-
voyer Julie : je veux du moins, qu'elle profite du moment
d'amabilité que je viens de vous acheter pour elle.

SCÈNE VIII.

MERVILLE , *seul.*

Elle n'est qu'espiègle au fond , et c'est moi qui ai tort
de pousser avec humeur les traits que sa gaieté seule m'a-
dresse. Il est temps de me convaincre enfin... Mais demain
cet effort me sera facile... Pour qui est heureux , il est
si aisé d'être aimable.

SCÈNE IX.

JULIE, MERVILLE.

JULIE.

Qu'est-ce donc que veut-dire ma sœur, Merville ? elle prétend que je vais vous trouver dans des dispositions charmantes.

MERVILLE.

Eh ! ne voyez vous pas qu'elle plaisante ? Je suis plus aimable, dit-elle, après un peu d'humeur ; elle a essayé de m'en donner ; ah ! si je ne suis pas toujours chármant, ce n'est pas sa faute.

JULIE.

Ne serait-ce pas la vôtre ?

MERVILLE.

Non, c'est celle de la fortune : si l'on m'eût trouvé assez de bien pour m'accorder votre main la première fois que je l'ai demandée, si je n'avais pas été forcé de me faire marin pour me faire riche, mon caractère ne se fût point aigri par l'inquiétude de vous perdre, par l'impatience de vous obtenir, par l'habitude de commander à des hommes durs et grossiers, et par l'éloignement de ce sexe aimable dont le charme peut seul adoucir la rudesse du nôtre. Aussi vous ne m'aviez connu qu'un peu vif, et vous me retrouvez très-emporté, dit-on, et fort jaloux ; je le confesse.

JULIE.

De qui donc, s'il vous plaît ?

MERVILLE.

Eh ! le sais-je ? Si je l'étais de quelqu'un, je ne le serais bientôt plus de personne... Je le suis de moi-même qui devais vous plaire autrefois davantage ; le Merville qui s'éloignait passait pour être aimable ; le Merville qui revient.....

JULIE.

L'est encore assez souvent, et bientôt, j'espère, le sera toujours ; qu'il se défende seulement contre l'emportement et l'exagération...Hier, par exemple, quelle scène avez-vous faite à cette pauvre femme !

MERVILLE.

C'est que cette pauvre femme est un monstre. »

JULIE.

Encore...

MERVILLE.

Quoi ! ce n'est pas un monstre que la coquette perfide qui, tandis que mon ami s'en croit seul adoré, m'adresse à moi-même des mots provoquans et des regards timidement amoureux. Comment donc voulez-vous que je l'appelle ?

JULIE.

Une femme, comme tant d'autres.

MERVILLE.

Et cet homme de loi qui, prenant de toutes mains, n'attaque mon adversaire qu'après lui avoir fourni des moyens de défense, comment l'appellerai-je ?

JULIE.

Mais, tout simplement un procureur.

MERVILLE.

Ah ! vous êtes méchante ! et je ne suis qu'emporté (*Tendrement.*) Mais je vais cesser de l'être ; à la veille du plus beau de mes jours, le plaisir seul peut approcher de mon âme ; elle est tout entière au bonheur.

JULIE.

Ah ! vous avez sans doute un bonheur de plus en l'aimant, c'est de pouvoir et d'oser le dire ; toujours timide et réservé, mon sexe se dissimule long-temps à lui-même ; les premières impressions de l'amour ; il ne laisse qu'entrevoir des transports que souvent il partage, et lors même que cet aveu, devenu légitime, ose enfin s'échapper, notre bouche parle mal un langage qu'elle ne connaît pas bien encore.

MERVILLE.

Ah ! parlez, réformez jusqu'au moindre de mes défauts ! que faut-il faire ? que faut-il changer en moi ?

JULIE.

Changer ? rien ; mais de vous adoucir, de tempérer votre humeur.

MERVILLE.

Ah ! je ne la reconnais déjà plus moi-même ; votre espiègle de sœur vient encore à bout de l'exciter quelquefois... Mais avec vous du moins jamais je ne m'oublie... convenez-en... Vous souriez... A propos de votre sœur, elle veut que demain nous la fassions danser ; qu'en dites-vous ?

JULIE.

Eh bien ! dansons.

MERVILLE, *hésitant.*

Je ne sais , mais danser un jour de noces me semble un vol fait au bonheur ; c'est donner au tumulte, à l'éclat , des instans que réclament le mystère et l'amour.

JULIE.

Eh bien ! ne dansons pas ; je ferai sur ce point tout ce que vous voudrez.

MERVILLE , *avec instance.*

Quoi ! ne puis-je avoir votre avis ?

JULIE.

Je vous le dis , c'est de me conformer en tout au vôtre.

MERVILLE , *fortement.*

Mais encore , on veut quelque chose.

JULIE.

Oui , ce que vous voudrez.

MERVILLE.

Il faut que vous comptiez bien sur ma patience.

JULIE.

En effet , étrange entêtement de ne vouloir que ce que vous voudrez !

MERVILLE.

Vous voulez m'éprouver, Julie ; mais , de grâce , quittez ce refrain dérisoire et dites-moi, ce qu'il faut faire.

JULIE, *toujours du même ton.*

Eh bien donc ! pour changer, ce qu'il vous plaira.

MERVILLE , *impatienté.*

Ah ! ça, croyez-vous qu'un pareil entêtement ne soit pas mille fois plus insupportable que l'emportement qu'on me reproche ? mon défaut du moins, si c'en est un, vient d'une âme brûlante et passionnée, l'excessive sensibilité qui en est la cause peut en être en même temps l'excuse ; mais que penser de cette froideur ironique et perfidement calculée?

JULIE.

Tout ce que vous voudrez.

MERVILLE.

Oh ! je sais trop le vœu secret de votre cœur ; c'est que je cesse enfin de me modérer, de me contenir, et que dans le juste transport que vous seule aurez fait naître, je prenne sur moi les torts d'une rupture éclatante.

JULIE.

Tout ce qu'il vous plaira.

SCÈNE X.

Les mêmes, GERCOURT, *arrivant sans être vu, et écoutant.*

MERVILLE.

Vous voulez me contraindre à reprendre ma foi, à vous rendre vos perfides sermens.

JULIE.

Tout ce que vous voudrez.

MERVILLE.

Eh bien ! je vous les rends, Madame ; je renonce aux nœuds qui devaient nous unir : un jour plus tard ils étaient indissolubles, et mon amour n'eût point embelli votre vie, et votre froideur eût empoisonné la mienne ; bénissons l'un et l'autre le jour qui nous éclaire... Adieu, Madame. (*Il voit en se retournant Gercourt, et lui dit.*) Ah ! mon ami, je suis le plus malheureux des hommes !

JULIE, *à part.*

Ciel ! mon oncle !

GERCOURT.

Eh bien ! qu'est-ce donc que cette nouvelle scène ?

JULIE.

Rien du tout, mon oncle.

A-t-il perdu?   3

MERVILLE.

Quoi ! ce n'est rien, perfide ! Écoutez, mon ami.

GERCOURT.

C'est inutile, j'en ai assez entendu. Tu lui rends ses sermens, n'est-ce pas ? et moi, je te rends ta parole. Ainsi vous voilà libres tous les deux.

MERVILLE.

Quoi, Gercourt !

GERCOURT.

Est-ce que cela ne t'arrange plus déjà ?

MERVILLE.

Vous voulez donc ma mort ?

GERCOURT.

Oh ! mon Dieu, non; mais je ne veux pas la sienne non plus ; et si tu l'épousais, je craindrais toujours qu'un moment de vivacité......

MERVILLE.

Ciel ! vous pensez !.... et je vous ai cru mon ami.

GERCOURT.

Oh ! cela ne nous empêchera pas de l'être encore ; mais, tiens, je t'engage à rester garçon, mon ami : c'est le seul moyen de ne pas battre ta femme.

MERVILLE.

Écoutez. Je sais qu'un sang trop vif m'emporte quelquefois ; mais je jure de me corriger, de me vaincre.

GERCOURT.

Pas possible.

MERVILLE, *se contenant, et répétant* :

Pas possible ! Mais je sens mes torts; c'est un pas de fait pour les réparer; déjà je suis moins irascible.

GERCOURT.

Diable ! quel amendement !

JULIE.

Écoutez-le, mon oncle.

MERVILLE.

L'amour enfin, l'amitié, le bonheur, tempéreront mon sang; et quand tous les liens m'uniront à ce que j'aime, quand toutes les passions douces rempliront mon cœur, comment garderait-il encore celle dont je rougis déjà moi-même...... Gercourt, mon ami !

GERCOURT.

Je te plains ; mais tu es incurable.

MERVILLE.

Dites que vous voulez le croire.

GERCOURT.

Non, j'en suis sûr.

MERVILLE, *s'emportant.*

Comment ! vous saurez mieux que moi ce qui se passe dans moi-même ?

GERCOURT.

Eh bien ! ne vas-tu pas te fâcher pour me prouver que tu te corriges !

MERVILLE, *sans voir les signes que lui fait Julie.*

Eh ! qui ne se fâcherait pas de voir à la fois l'entêtement et l'injustice s'unir pour se jouer d'un malheureux ! Targuez-vous, si vous voulez, de cette froideur imperturbable que vous décorez du beau nom de sagesse, et qui ne prouve à mes yeux que l'indifférence et l'insensibilité, j'y consens; mais souffrez aussi que moi, dont l'âme ardente ne sait rien éprouver, rien sentir faiblement, souffrez que je mette dans mes actions, dans mes mouvemens, dans mes discours plus de chaleur qu'on n'en voit dans les vôtres.... Ah ! belle Julie, peut-il avoir une âme glacée celui que vous embrasez d'amour ! peut-il jamais sentir, exprimer assez vivement le bonheur de vous aimer, de vous plaire ! peut-il.....

GERCOURT.

Ce que tu dis là est fort beau, mon cher; mais moi qui ne t'ai point embrasé d'amour, tu pourrais me parler un peu plus doucement, peut-être, et je ne suis pas plus exempt qu'un autre de tes bourrasques.

JULIE.

Il n'en aura plus, mon oncle.

MERVILLE.

Non, je vous le jure; j'en atteste ce qu'il y a de plus sacré.

GERCOURT.

Ecoute ; tu vas crier à l'entêtement, mais je parie tout
ce que tu voudras que., tout prévu, tout sur tes gardes que
tu sois, vingt - quatre heures ne se passeront pas sans qu'il
t'échappe encore quelque trait d'emportement ou de jalousie ; car c'est encore là une de tes qualités.

JULIE.

Acceptez-vous le pari ?

MERVILLE.

En doutez-vous, belle Julie ? Oui, je l'accepte ; je veux
qu'il soit cher.

GERCOURT.

Tiens, je vais te faire un bel avantage : la noce à demain.,
si tu gagnes.

MERVILLE.

Oh ! je gagnerai.

JULIE.

Mais vous, mon oncle, qu'aurez-vous, s'il perd ?

GERCOURT.

Le plaisir de te sauver, de le convaincre, et d'avoir
raison.... Ah ! çà, te voilà intéressée à l'épreuve ; il faut que
tu nous aides, Julie.

MERVILLE.

Ah ! Julie, tout au plus soyez neutre.

GERCOURT.

Non, vraiment ; tout le monde en sera, je t'en préviens.

MERVILLE.

Quoi ! tout le monde contre moi seul !

GERCOURT.

Sans doute ; voyez donc pour un homme averti le beau
triomphe de se modérer pendant vingt-quatre heures ! Encore tu peux, si tu le veux, étouffer de colère ; pourvu que
rien n'éclate, tu as gagné..

MERVILLE.

De tout mon cœur. Permettez-moi, belle Julie, de bai-
ser le prix de la victoire que je dois remporter sur moi-
même. (*Il lui baise la main, et s'éloigne.*)

GERCOURT, *le retenant.*

Songe bien au moins qu'au premier mot plus haut que l'autre, tu as perdu ; il faut que tu parles tout le jour sans plus t'émouvoir qu'un confident de tragédie.

MERVILLE.

Oui, j'en répons.

GERCOURT.

Mais tu ne vas pas, j'espère, t'enfermer dans ta chambre ? ce serait tricher.....

MERVILLE, *posément.*

Non, non, je vous rejoins dans un instant.   (*Il sort.*)

SCÈNE XI.

GERCOURT, JULIE.

GERCOURT, *observant Julie.*

Eh bien ! ma pauvre Julie, tu as l'air tout inquiet. Est-ce que tu ne présumes pas bien l'événement ?

JULIE.

Je vous demande pardon, mon oncle ; mais c'est que si je vous aide à le fâcher, il croira que j'ai envie qu'il perde.

GERCOURT.

Oh ! parbleu, je suis surpris qu'il ne t'en ait pas fait le reproche : je t'y ferai penser ; et si tu t'y prêtes bien, il aura perdu dans une heure tous ses droits à ta main.

JULIE.

Comment, Monsieur ? est-ce que vous comptez tout de bon ?......

GERCOURT.

Monsieur !....

JULIE.

Ah ! pardon, mon bon oncle ! C'est qu'en perdant Merville, c'est moi que je trahirais.

GERCOURT.

Sois tranquille, mon enfant, je ne veux l'éprouver que pour assurer ton bonheur.

JULIE.

Maintenant que me voilà tranquille, je ne demande pas

mieux que de vous aider. Je serai bien aise de savoir enfin s'il peut se maîtriser..... Voici Jenny fort à propos... Consultons-la·

SCÈNE XII.

LES MÊMES, JENNY.

GERCOURT.

Accours donc, Jenny, voici une glorieuse journée pour toi ; il s'agit de bien faire enrager Merville.

JENNY.

Ah ! mettez mon talent à des épreuves plus difficiles ! Je lui ai donné un accès ce matin..... A propos, en as-tu été contente, Julie ?

JULIE.

Enchantée, quelques minutes..... mais l'orage a suivi de près.

JENNY.

Dam ! c'est ta faute ; je t'avais prévenue qu'il ne ferait beau qu'un instant, il fallait te mettre à couvert ensuite.

GERCOURT.

Ne plaisante pas ; il faut bien sérieusement faire perdre à Merville le pari qu'il a fait avec moi de ne pas s'emporter de la journée..... Ta sœur te contera les détails.... Tu vois qu'il est prévenu, et qu'il sera sur la défensive.

JENNY.

Ah ! vraiment cela rendra la chose plus difficile.

JULIE.

Comment ! cela t'embarrasse, ma sœur ? C'est mauvais augure pour mon oncle....!

JENNY.

Sûrement, cela m'embarrasse : il se défie de moi ; à ta place, cela ne m'inquiéterais guère.... Si j'avais le bonheur d'en être aimée comme toi, pendant deux heures seulement, je voudrais qu'il étouffât de rage à la première.

JULIE.

Eh ! dis-moi donc par quel moyen.

JENNY.

Oui, pour que tu ne l'emploies pas, et que tu me trahisses.

GERCOURT.

Eh ! non ; elle est des nôtres aujourd'hui.

JENNY.

Comment ! tu jouerais franc jeu contre lui ?

JULIE.

Assurément.

JENNY.

Allons ; la jalousie peut nous servir aussi.

JULIE.

Oui, tout en est, pourvu qu'il éclate ; je ne serai pas fâchée qu'il gardât aussi ce défaut.

GERCOURT.

Je le crois bien. Il peut devenir plus gênant que l'autre ; mais de qui le rendre jaloux ici ? j'y suis seul.

JENNY.

Attendez. Cette nouvelle femme de chambre que vient de t'amener Alain.

JULIE.

Eh bien ?

JENNY.

Elle est grande, un peu brune, la voix forte, absolument inconnue à Merville puisqu'elle arrive. Les habits de mon frère doivent lui aller ; qu'elle en prenne un ; qu'elle vienne en tête à tête avec toi sous ce bosquet ; j'y amène ou j'y envoie adroitement notre jaloux ; il vous voit, il s'alarme, il écoute tendres propos, douces réponses, main baisée ; et je répons qu'il sera temps alors qu'Agathe se nomme ; car encore il ne faut pas ensanglanter la scène.

GERCOURT.

Bien imaginé ! qu'en dis-tu, Julie ? Voilà une mauvaise tête qui en pourra faire tourner de bonnes.

JULIE.

Mais devons-nous mettre dans cette confidence une fille que nous connaissons à peine ?

JENNY.

Ta femme de chambre? et à qui donc te fieras-tu?
D'ailleurs on ne lui dit que ce qu'on veut qu'elle sache.......
Je me charge de cela, moi.

JULIE.

Saura-t-elle jouer ce rôle de manière à faire illusion?

JENNY.

Faire illusion à un jaloux!..... il se la fait tout seul......
et puis elle a de la tournure..... Au surplus, voilà Alain :
on peut le questionner sur sa protégée.

SCÈNE XIII.

LES MÊMES, ALAIN.

ALAIN.

Je viens vous demander vos commissions pour Paris,
Monsieur et Madame.

JENNY.

N'est-ce pas, Alain, que mademoiselle Agathe sera fort
bien en homme?

ALAIN, *à part.*

O mon Dieu! qu'est-ce que cela veut dire! (*Haut.*) Je
ne crois pas, mamselle; je ne crois pas ça du tout.

GERCOURT.

Eh! pourquoi donc ne le crois-tu pas?

ALAIN.

Je m'en vas vous dire, Monsieur; c'est que comme elle
a toujours été femme jusqu'à présent.... ça fait que.....

GERCOURT.

Qu'est-ce que tu dis donc, imbécile?

ALAIN, *à part.*

Je crois que je m'embrouille.

JENNY, *impatientée.*

Va lui dire de venir, elle nous répondra elle-même sur
ce déguisement.

ALLAIN, *à part.*

Déguisement! Ah! mon Dieu, c'est sûr qu'ils savent

quelque chose ! (*Haut.*) Monsieur, elle vient d'aller à l'auberge chercher son paquet. (*Bas.*) J'ai bien peur d'avoir le mien, moi.

JENNY.

Dans ce cas, mon cher Alain, mène-la, dès qu'elle fera sa rentrée, à l'appartement de mon frère : qu'Agathe s'y déguise en homme, et qu'elle vienne trouver ma sœur. À propos, si Merville te grondait aujourd'hui, comme c'est probable, ne te gêne pas pour lui répondre, tu as ton franc parler pour vingt-quatre heures.....Il y a un prix d'encouragement pour celui de la maison qui le fera le mieux enrager.

ALAIN.

Et Mamselle répond-elle des suites?

JENNY.

Oui, oui, je prends tout sur moi.

JULIE.

Mais, ma sœur, est-il décent de rendre ainsi le jouet de nos gens et des siens l'homme que j'épouserai peut-être? Et n'est-ce pas me compromettre moi-même ?

JENNY.

Bah ! Alain est presque de la famille : c'est le filleul de mon oncle!

ALAIN.

Oh ! je sais bien, Mamselle, que je ne suis pas parent de votre famille pour ça.

JULIE.

Alain, au moins, voudra bien se taire sur tout ceci ; et quant à ma femme de chambre, dont je ne connais encore ni le caractère ni la discrétion, je n'entends pas du tout qu'on lui fasse une pareille confidence.

JENNY.

Eh bien! n'en parlons plus.

GERCOURT,

Comment ! tu vas déranger tout notre plan, à cette heure ? voilà un beau scrupule !

JULIE.

Qu'elle ignore au moins que c'est un piége tendu à Merville ; elle ne manquerait d'en conclure qu'il est jaloux à l'excès, et que j'ai des raisons pour vouloir l'en guérir.

A-t-il perdu? 4

JENNY.

Allons, c'est peut-être juste..... Dans ce cas, Alain, ne dis mot : c'est moi qui vais instruire Agathe.... Vite, ma sœur, à la toilette.

JULIE.

Tu m'aideras donc, car je n'ai personne.

JENNY.

Oui, oui, partons.

GERCOURT.

Ah ! ça, du silence, monsieur mon filleul !

ALAIN.

Oui, oui, parrain.

SCÈNE XIV.

ALAIN, *seul.*

Ouf !.... me v'là remis un peu. Je vois bien à présent qu'ils ne savent rien du tout ; mais j'ai passé quoiqu'ça un vilain quart d'heure.... Il me paraît qu'on veut se servir de mamselle Agathe pour donner une petite bouffée d'humeur à M. de Merville : et je dis, c'est un joli choix qu'ils ont fait là. Ah, mon dieu ! mon dieu ! je n'ai pas idée que çà finisse bien. Il n'y a qu'une ressource pour moi là-dedans ; c'est que mon maître, vif comme il l'est, dès qu'il verra son rival, sautera dessus ; le rival, qui est brave, se défendra. (*Il se met en garde.*) Ah ! ah ! il y en a un de tué, l'autre qui se sauve ; et quand il faudra que mon maître s'occupe de fuir ou de se faire enterrer, je ne crois pas qu'il s'amuse à me rosser. Ah !.... ah !.... qu'est-ce qu'est-ce que vous dites donc là, M. Alain ? je vous croyais un meilleur cœur que çà. Comment ! pour sauver votre dos, vous feriez percer le ventre à un maître ! allons, allons, çà n'est pas bien ! Diable ! c'est qu'un petit coup de gaule sur notre peau, nous fait plus de mal qu'un grand coup d'épée dans le corps.... d'autrui. Mais comment donc faire pour qu'il n'y ait ni coup d'épée ni coup de gaule ? Pardine, que je suis bête ! je n'ai qu'à prévenir mon maître que cet amant qu'on lui fera voir avec mamselle Julie n'est que sa femme de chambre : quand il saura que c'est un piége pour le fâcher, il n'en fera que rire, et tout se passera en douceur.... Oh ! c'est singulier comme je me forme l'esprit, moi. Je vois M. de Merville, je m'en vais lui conter çà en deux mots, et profiter toujours du petit avis de mamselle Jenny, pour aller voir mon Ursule, sans qu'il le permette ; çà lui donnera peut-être une crise ; mais puisque c'est pour son bien, il faut que je m'y prête.

SCÈNE XV.

MERVILLE ; ALAIN.

MERVILLE, *posément d'abord.*

Eh quoi ! tu n'es pas parti, revenu.

ALAIN.

Ah, Monsieur ! c'est-il sensé ce que vous dites là ?

MERVILLE.

Comment, maraud !

ALAIN,

D'abord, je ne suis pas revenu parce que je ne suis pas encore parti; et je ne suis pas parti parce que le déjeuner m'a pris un peu de temps : voyez-vous, pour faire le chemin en courant, il ne faut pas déjeuner de même.

MERVILLE, *à part.*

Ah ! qu'il faut de patience ! (*Haut.*) Eh bien ! cours donc à présent.

ALAIN.

Oui, Monsieur, quand je vous aurai fait une petite confidence.

MERVILLE.

Garde tes confidences, et pars à l'instant.

ALAIN.

Monsieur, celle-ci est pour votre bien.

MERVILLE.

Veux-tu sortir.

ALAIN.

Vous ne savez pas ce que vous refusez. Il faut vous dire... (*Il voit arriver Jenny qui lui fait signe de fâcher Merville.*) mais je vous dirai ça une autre fois.

SCÈNE XVI.

Les mêmes, JENNY *cachée derrière un arbre et excitant Alain.*

ALAIN, *continuant.*

Je serai revenu dans une heure.

MERVILLE.

De Paris dans une heure !

ALAIN.

Non, Monsieur ; de chez ma petite Ursule, que je vous demande la permission d'aller voir.

MERVILLE, *se contenant.*

Et mes commissions, qui les fera ?

ALAIN.

Mais, puisqu'il n'est pas sûr que Monsieur se marie demain, ça n'est pas si pressé pour moi que de voir Ursule : mettez-vous à ma place.

MERVILLE, *fâché.*

. A ta place, marouf ! (*Il aperçoit Jenny, et se retient en disant :*) Eh bien, va-t-en voir Ursule.

JENNY, *bas.*

Il m'a vue.

ALAIN, *bas.*

La mèche est éventée.

MERVILLE, *bas.*

Vous me paierez cela, M. Alain.

JENNY.

Savez-vous bien, mon cher monsieur de Merville, que je crains tout de bon les suites de ceci pour votre santé ?

MERVILLE.

C'est trop de soins ! Mais avec votre talent pour la plaisanterie, vous auriez pu vous dispenser, ce me semble, de vous adjoindre mon valet.... l'association est modeste.

ALAIN.

Monsieur me flatte.

JENNY.

La gloire d'émouvoir un homme aussi flegmatique est trop grande (si on l'obtient) pour n'en pas donner à chacun sa part ; et le bon Alain ne céderait sûremeut pas la sienne à personne.

ALAIN.

Ah ! sûrement. C'est donc pour corriger Monsieur de son humeur ! (*Il recule d'effroi au geste qui est échappé à Merville.*)

JENNY.

Vous êtes piqué !

MERVILLE.

Je ne vois pas bien ce que peuvent avoir de si piquant pour moi les propos d'un valet..... ni les vôtres.

JENNY, *le harcelant.*

Mon Dieu, comme il faut que vous souffriez pour vous oublier avec moi jusqu'à ce point ! Quand vous vous fâchez tout à votre aise, il vous échappe par fois d'assez bonnes choses ; mais il me semble que tout votre esprit soit déjà perdu avec la gageure. Écoutez pourtant : Il n'est pas dit, je crois, que vous soyez obligé de contraindre à ce point votre humeur ; pourvu qu'elle n'éclate pas, vous pouvez convenir, mais à voix douce, que vous en avez beaucoup. Allons, voyez, il y a plus de mérite à se dompter, qu'à ne rien sentir.

MERVILLE, *ne pouvant plus y tenir, s'en va comme un fou, sans rien dire.*

JENNY.

Ecoutez donc. La fuite compte ici comme défaite au moins ; mais je vous suis.

SCÈNE XVII.

JENNY, ALAIN.

JENNY, *à Alain qui rit.*

Écoute, Alain. Agathe, que j'ai déjà conduite à l'appartement de mon frère, va se rendre ici avec ma sœur ; dès que tu les verras, tu iras bien mystérieusement avertir ton maître qu'un jeune homme est sous ce bosquet aux pieds de Julie... Aie surtout bien l'air de te défier de moi... Voici déjà Agathe, laisse-nous.

ALAIN, *finement.*

Soyez tranquille, Mamselle, je lui dirai tout ce qu'il faut qu'il sache. (*Il sort.*)

SCÈNE XVIII.

JENNY, MOMBREUIL.

JENNY.

Ah! vous êtes charmante en homme! Êtes-vous tout-à-fait prête?

MOMBREUIL.

Ah! absolument.... Ne puis-je savoir ce que signifie la scène dans laquelle on me fait jouer?

JENNY, *l'éludant.*

Oh! c'est que nous voudrions arranger pour les noces de ma sœur un petit proverbe où nous avons besoin d'un amoureux. Ursule devait le faire, et nous voulons voir si vous pouvez la remplacer.... Nous serons ici tout à l'heure, mon oncle et moi, parce que c'est ici que la scène se passe; mais faites de votre mieux, et souvenez-vous surtout d'être un amant passionné et heureux.

MOMBREUIL.

Je ferai tous mes efforts.

JENNY.

Oh! je crois que vous réussirez.

MOMBREUIL.

J'en ai le désir.

JENNY.

D'honneur, on s'y tromperait.

MOMBREUIL.

Je le crois.

JENNY.

Je suis sûre que Merville lui-même en sera la dupe.

MOMBREUIL.

Moi, je l'espère.

JENNY.

Vraiment cet habit vous sied à merveille.

MOMBREUIL.

Vous plairais-je ainsi, Mademoiselle?

JENNY.

Ah! beaucoup mieux que tantôt; quel dommage que vous ne puissiez pas rester ainsi!

MOMBREUIL.

Je le pourrais si votre oncle le permettait.... je vous servirais sous cet habit.

JENNY.

Ah, nou! cela paraîtrait drôle..... Mais ce n'est pas le tout de bien porter l'habit, il faut voir comment vous y parviendrez pour faire l'amoureux.

MOMBREUIL.

Ah! si vous vouliez me l'apprendre!.... Faites-moi répéter mon rôle.

JENNY.

Mais je ne le sais pas.

MOMBREUIL.

N'importe, essayons tous.... toutes deux.

JENNY.

Je le veux bien ; voyons, dites : je vous aime.

MOMBREUIL.

Oui, charmante Jenny, je vous aime.

JENNY.

Ce n'est pas mal; mais il faudra dire charmante Julie.

MOMBREUIL.

Quand on vous voit, comment en nommer une autre ?

JENNY.

Ah ça! l'on prétend que tout le monde dit assez bien, je vous aime, mais que je vous adore est bien plus difficile : quand ces deux mots ne touchent pas, dit-on, ils font rire.... Essayez.

MOMBREUIL, *bien tendrement.*

Ah! oui, je vous adore..... Mais, par pitié, n'en riez pas !

JENNY, *étonnée.*

Qui! moi? mon dieu! je n'en ai pas la moindre envie.

Ah ! que ces mots sont aimables dans votre bouche ! voulez-vous bien me les dire encore ?

MOMBREUIL, *plus passionnément.*

Ah ! jamais assez.... oui, Jenny, oui, je vous adore.

JENNY, *émue.*

Mon dieu ! le singulier plaisir ! Ah ! que l'homme qui m'aimera me dise cela comme vous, seulement, je n'en demande pas davantage.

MOMBREUIL, *à part.*

Si Julie n'arrive pas, je vais me trahir. (*Haut.*) Quel charme plus doux encore auraient ces deux mots dans votre bouche.

JENNY.

Oh ! je ne les prononcerai jamais.

MOMBREUIL.

Quoi ! l'homme heureux que vous aimerez n'en recevra pas l'aveu.

JENNY.

Je ne lui dirai pas.... mais je crois qu'il l'aura bientôt deviné.

MOMBREUIL.

N'a-t-on jamais essayé de vous faire aimer personne.

JENNY.

Aimer, non ; épouser, oui : l'on m'a présenté un mari qui m'a déplu, et moi j'ai dit que je ne me marierais que quand on me plairait.

MOMBREUIL.

Mais ne serait-il pas aussi trop difficile de vous plaire ?

JENNY.

Oh ! ça, je n'en sais rien, par exemple ; mais j'en ai peur.

MOMBREUIL.

Quoi ! vous ne vous êtes jamais fait l'idée de l'homme que vous préfériez à tous les autres ?

JENNY.

Oh ! mon dieu non !

MOMBREUIL.

Eh bien ! je vais vous en faire le portrait, moi.

JENNY.

Ah ! vous me ferez plaisir... Voyons.

MOMBREUIL.

Vous voudriez de grands yeux bleus.

JENNY.

Je l'ai cru longtemps ; mais il me semble que des yeux noirs ont plus d'expression. N'est-ce pas la couleur des vôtres ?

MOMBREUIL.

Mais, oui, je crois.

JENNY , *l'observant.*

C'est que vous avez un regard charmant.... Je gage que bien des hommes vous l'ont dit déjà ?

MOMBREUIL.

Ah ! je puis bien vous jurer que pas un ne s'en est encore avisé.

JENNY.

C'est singulier ! vous ne les regardez donc pas comme cela !

MOMBREUIL.

Je vous prie de le croire.

JENNY.

Il me semble cependant que, pour regarder ainsi, il faut s'y être un peu exercé.

MOMBREUIL.

Du tout : et si vous le vouliez , si vous me trouviez seulement la moitié aussi aimable que vous me semblez charmante , vos yeux, j'en suis sûr, s'exprimeraient bien mieux encore que les miens ; essayez, nous sommes seules.

JENNY.

J'en ai bien envie, mais je n'ose pas.

MOMBREUIL.

Je vous dirai si c'est bien.

JENNY , *après un regard tendre.*

Est-ce à peu près cela.

A-t-il perdu ?   5

MOMBREUIL.

Oh ! mieux encore.... je vois que vous le pourriez.

JENNY, *après un long regard mutuel.*

Finissons, Agathe, finissons.... cela fait mal.

MOMBREUIL.

Un dernier regard, de grâce.

JENNY.

Non, non ; je m'amuse trop avec vous ; il faut que j'aille trouver....

MOMBREUIL.

Eh ! pourquoi donc me quitter ? que n'attendons-nous votre sœur ensemble ?

JENNY.

Je le voudrais bien ; mais si je n'allais pas m'occuper de Merville, il viendrait peut-être vous déranger, et nous voulons le surprendre. Adieu : je vous envoie Julie tout à l'heure.

SCÈNE XIX.

MOMBREUIL, *seul.*

Quelle aimable enfant que cette Jenny ! Ma foi, je ne sais si je ne la préférerais pas à sa sœur. Venu ici pour Julie, je sens que c'est l'autre qui m'y retient ; jouons pourtant près d'elle le rôle assez plaisant qu'on me donne, puisqu'il se trouve si bien dans mon emploi.... La voici.

SCÈNE XX.

JULIE, MOMBREUIL.

MOMBREUIL, *déclamant.*

Je puis donc vous parler sans contrainte, adorable Julie ; je puis m'abandonner sans réserve à tout l'amour dont vous m'avez embrasé....

JULIE, *regardant autour d'elle.*

C'est fort bien débuter ; mais il n'est pas temps encore de commencer la scène.

MOMBREUIL.

Pourquoi me répondre avec cette froideur ? Votre cœur n'éprouve-t-il plus aucun des sentimens qui remplissent le mien ?

SCÈNE XXI ET DERNIÈRE.

JULIE, MOMBREUIL, GERCOURT, JENNY, MERVILLE, ALAIN.

(*Pendant la dernière phrase de Mombreuil, Merville, amené par Alain, est venu se cacher derrière une touffe d'arbres, d'où ils écoutent; et Gercourt et Jenny sont venus se glisser dans un bosquet opposé, d'où ils observent l'impression que fera sur Merville la scène jouée entre Julie et Mombreuil ils sont assez près de ces deux derniers pour donner, à travers la charmille, des avis sur ce qu'il faut faire.*

JULIE, *bas.*

On nous écoute, bon. (*Haut, déclamant aussi.*) Vos sentimens! ah ! vous ne savez que trop si je les partage; mais comment suivre le penchant qui m'entraîne vers vous quand un autre hymen....

MOMBREUIL.

Ah ! qu'il ne s'achève pas, cet hymen funeste; ou ma mort, celle de votre époux même....

JULIE.

Arrétez ; par pitié, laissez-moi réfléchir et me reconnaître. (*A part et bas.*) Il ne dit rien; que je lui sais gré de cette confiance!

MERVILLE, *bas à Alain, riant beaucoup.*

Ah ! qu'ils sont gauches ! quand tu ne m'aurais pas prévenu, la tournure de ce prétendu amoureux m'eût tout appris.

GERCOURT.

Comment diable y tient-t-il ?

JENNY, *à Mombreuil, à travers la charmille.*

Moins de discours, baisez-lui la main.

MOMBREUIL.

Julie! pouvez-vous hésiter encore? donnez-la-moi, cette main que vous osez promettre à un autre : ô bonheur!

(*Tandis qu'il lui baise vingt fois la main, les autres parlent.*)

JULIE , *bas.*

Je le trouve pourtant un peu tranquille.

MERVILLE, *bas à Alain.*

Ah ! qu'ils m'amusent?

JENNY, *bas à sa sœur.*

Répons plus tendrement.

JULIE, *haut.*

C'en est fait, mon ami, je suis à vous.

(*Elle se jette dans les bras de Mombreuil.*)

MERVILLE, *riant.*

Ah! quelle comédie l'on me donne!

MOMBREUIL.

Je serais indigne de tant de bonheur si j'osais en abuser; je dois vous avouer le déguisement auquel j'en suis redevable : sachez.....

JENNY, CERCOURT, JENNY.

Chut donc! paix donc!

ALAIN.

Vous voyez bien, elle en convient elle-même.

MERVILLE.

Quelle gaucherie!

MOMBREUIL.

Sachez que cet habit vous cache en effet un homme sur qui vos charmes.....

JULIE.

Je le sais....

MOMBREUIL.

Et vous le pardonnez?

JULIE, *lui faisant des signes.*

Comment ne pas pardonner à ce qu'on aime.

MOMBREUIL, *bas.*

Elle m'a reconnu, sans doute.

(*Il se jette à ses genoux en s'écriant :*)

Heureux Mombreuil !

MERVILLE, *regardant sa figure dans le mouvement qu'il a fait pour se jeter aux pieds de Julie, et s'approchant.*)

Mombreuil ! il est trop vrai ! infâme !... Perfide ! j'en aurai vengeance.

GERCOURT et JENNY, *sortant de leur cachette et criant ainsi que Julie.*

Il a perdu ! il a perdu !

ALAIN, *se cachant.*

Je suis perdu !

MERVILLE.

Non, je n'ai rien perdu, Madame ; c'est tout gagner pour moi que d'apprendre à vous connaître. Adieu.

JULIE, *riant.*

Vous allez être bien honteux quand vous saurez que Monsieur n'est autre chose qu'Agathe, une nouvelle femme de chambre.

GERCOURT.

Je te le jure.

JULIE.

Eh bien ! ne rougissez-vous pas de votre fureur !

MERVILLE.

J'en rougis, en effet, car tant d'assurance et de fausseté ne devraient laisser que du mépris.

JULIE.

O ciel !

GERCOURT.

Monsieur de Merville, ceci passe les bornes ; je ne souffris jamais qu'on doutât de ma parole, et vous ferez réparation à ma nièce et à moi, ou nous verrons, corbleu !

MOMBREUIL, *à part.*

J'arrêterai toujours bien cette bizarre dispute quand je le voudrai; mais en attendant, elle m'amuse.

MERVILLE, *froidement.*

J'ai dès long-temps l'honneur de connaître Monsieur de

Mombreuil, et si j'estimais plus celle qui me fait perdre, c'est avec lui que je m'en expliquerais.

JULIE, GERCOURT, JENNY.

Ciel! se peut-il!

MOMBREUIL.

J'attendais pour parler la certitude d'être reconnu ; ceci ne me permet plus de feindre, et Mombreuil ne se cache plus dès que l'honneur veut qu'il se montre.

JENNY, *avec une surprise agréable.*

Ah! c'est un homme tout de bon ?

MOMBREUIL, *continuant.*

Je ne puis vous laisser l'injuste prévention qui vous aveugle, ce n'est pas moi que je défends, c'est votre digne amie. c'est l'adorable Julie que je dois justifier. Épris de ses charmes sans être connu d'elle, un goût, ridicule peut-être, pour les aventures singulières, m'a fait chercher et saisir un moyen coupable de l'approcher. Introduit, de ce matin seulement, auprès d'elle, sous le nom d'Agathe, sa sœur a cru proposer à une femme le rôle qu'on destinait à vous alarmer ; je gémis des craintes que j'ai causées, et suis prêt à vous en donner satisfaction.

MERVILLE, *sans répondre et se jetant aux genoux de Julie.*

Ah! Julie! vengez-vous plutôt vous-même de l'odieux soupçon qu'a pu concevoir mon cœur.

JULIE.

Les apparences ont dû vous tromper, elles vous excusent.

MERVILLE.

Non, je n'en devais pas croire l'évidence même.

GERCOURT, *sèchement à Mombreuil.*

Vous devez sentir, Monsieur, combien de semblables plaisanteries sont déplacées dans ma maison, ainsi...

MOMBREUIL, *avec dignité.*

Je n'y reste, Monsieur, que pour attendre monsieur de Merville ; je dois être à ses ordres.

(Gercourt fait un signe d'approbation.)

MERVILLE.

On cesse d'en vouloir au rival qu'on ne craint plus; j'ai trop connu, trop respecté votre père, pour....

MOMBREUIL.

Eh bien! ne soyez pas généreux à demi.... obtenez s'il se peut une grâce de plus; j'ignorais que Julie fût engagée à Merville, qu'elle eût une sœur ici, et j'avoue qu'un moment d'entretien avec Mademoiselle m'a fait mettre un peu moins de chaleur et de vérité dans la scène que j'ai jouée avec Madame.

MERVILLE, *riant.*

Eh! mais, vous n'en mettiez pas mal encore. Au sur-plus, mon cher Gercourt, je connais beaucoup sa famille, et les biens de monsieur de Mombreuil.

GERCOURT.

C'est fort bien; mais son caractère?

MOMBREUIL.

Ah! Monsieur, je ne cherche point d'excuse à tant d'inconséquence; mais c'est à votre charmante Jenny qu'il est réservé de mûrir ma tête en attachant mon cœur.

MERVILLE.

Allons, Gercourt, corrigez deux neveux au lieu d'un. Si je ne craignais de me faire une nouvelle querelle, je vous dirais de regarder ces yeux là.

GERCOURT, *après avoir regardé Jenny, qui baisse les yeux.*

Hum! Hum! Monsieur, tout ce que je puis vous accor-der aujourd'hui, c'est l'entrée de ma maison, et les moyens d'y réparer, s'il se peut, votre première étour-derie.

ALAIN, *sortant de son coin, dit à Mombreuil:*

Monsieur a-t-il quelque ordre à me donner?

MOMBREUIL.

Oui, de ne plus servir qu'un maître à la fois.

MERVILLE, *riant.*

A propos, êtes-vous adroite femme de chambre? Il y a eu une toilette faite ce matin?

JULIE.

Oui, pour ma sœur.

JENNY.

Heureusement !

GERCOURT.

A propos, toi-même, tes scrupules réveillent les miens ;
tu as perdu en bonne règle, car tu t'es fâché et emporté,
à dire d'experts.

MERVILLE.

Julie aimerait-elle mieux que j'eusse pris la chose tran-
quillement, et les empressemens de Mombreuil entraient-
ils dans la gageure ? C'en est fait ; plus de jalousie ni de
colère.

JULIE.

Moi, plus d'entêtement.

ALAIN.

Moi, plus de mensonges.

MOMBREUIL.

Moi, plus d'étourderies.

JENNY, *regardant.*

Surtout plus de déguisement !

GERCOURT.

Moi ! plus d'obstacles à votre bonheur, mes enfans, et
parconséquent plus de doute sur le mien.

FIN.

www.ingramcontent.com/pod-product-compliance
Ingram Content Group UK Ltd.
Pitfield, Milton Keynes, MK11 3LW, UK
UKHW020039080726
13614UKWH00004B/1852